# La valla

P
U
N
T
O

D
E

E
N
C
U
E
N
T
R
O

Ricardo Chávez Castañeda

# La valla

EVEREST

**Coordinación Editorial:** Ana María García Alonso
**Maquetación:** Cristina A. Rejas Manzanera

**Ilustración de cubierta:** Elvira Soriano Camacho
**Diseño de cubierta:** Jesús Cruz

© Ricardo Chávez Castañeda
© EDITORIAL EVEREST, S. A.
Carretera León-La Coruña, km 5 - LEÓN
ISBN: 84-241-7937-4
Depósito legal: LE. 428-2000
Printed in Spain - Impreso en España

EDITORIAL EVERGRÁFICAS, S. L.
Carretera León-La Coruña, km 5
LEÓN (España)

# Capítulo I

Cuando Teresa llegó a la ciudad, a nosotros sólo nos unían las pesadillas. Los únicos de sexto de primaria que dormíamos con la luz encendida; los únicos que a veces nos orinábamos en la cama.

"Rezagados." La mamá de Rubén lo repetía mucho. "Son quienes se van quedando, mientras los demás continúan hacia adelante."

Ella tuvo razón. No sé quién formó ese grupo de miedosos, pero nosotros nos lo fuimos ganando a fuerza de despertar gritando cada noche.

Con las otras niñas y los otros niños había sido fácil. Llegaban pálidos al parque, después de las clases, y con voz temblorosa nos decían qué o quién los asustaba; entonces decidíamos el plan. Era la misión del grupo: ayudarnos. Por eso el laberinto de piedra se volvió famoso en toda la escuela. Yo oí decir a una niña de tercero que allí curábamos hasta del diablo. La verdad es que no éramos tan buenos, pero como no había nadie más en la ciudad que se dedicara al miedo, pues nos volvimos muy importantes.

Al laberinto llegaron a ir muchísimos de la escuela. Me acuerdo de Onofre y de Pavón, de una alemana que se llamaba Ute, de Victoria Reséndiz, que era la más bonita de todas las niñas, y del Roura, quien solía pegarle a los niños más pequeños y apedrear la reja del perro setter irlandés, rojísimo como sol de las seis de la tarde, que llevaba toda su vida encerrado en un extremo del patio. Incluso un día apareció uno de los grandes de secundaria, con uniforme y todo, y nos preguntó si le podíamos ayudar.

Ésos fueron los "buenos" tiempos. Cuando cubrimos todos los agujeros de la ciudad para que no se saliera la tarántula que vivía abajo del suelo; cuando cada quien vació una botella de vinagre en los excusados de su casa porque sólo así podíamos dejar ciega a la víbora de la cañería.

Ahora que ha pasado el tiempo sé que nosotros no hicimos nada para curar el miedo de nadie. Sus terrores se fueron solos. Cumplían once años y con eso se acababan los lobos, los gigantes, las brujas. Entonces nuestros amigos se iban y nunca más regresaban al parque.

Un día, lo recuerdo bien, nos quedamos solos: mi hermano Octavio, Rubén, Sonia y yo.

—¿Tienen miedo? —pregunté, y los tres contestaron que sí, con esa voz de cristales rotos de cuando se quiere llorar.

—Yo también —dije. Y eso bastó para saber que con nosotros no iban a servir los años para que nuestras pesadillas aprendieran a marcharse.

# Capítulo II

Empezamos a notar a Teresa dos meses después de que ingresó al colegio. Fue por las calificaciones. Cuando en nuestra boleta mensual aparecía un número rojo, sabíamos que se acercaba un tiempo de vergüenza porque nuestros padres tendrían que venir al salón. El primer mes, la mamá de Teresa no se presentó, aunque la boleta de su hija parecía un árbol de navidad con tantos números rojos. La mamá mandó una hoja que el maestro desdobló sobre el escritorio y leyó en silencio. Luego el maestro produjo un ruido como de oso, un rugido que se fue hacia adentro, antes de terminar pidiéndonos que abriéramos el libro de geografía, mientras él marchaba a la dirección.

Al segundo mes, la mamá de Teresa sí apareció. Fue la última en entrar en el salón. Era una mamá altísima, como faro, y tenía el pelo igual de rojo que el perro setter irlandés del patio. Hasta el maestro se puso nervioso porque esa mamá ni parecía mamá de tan hermosa. Se asemejaba más a una actriz de una película donde los buenos y los malos se pelean sólo para besarle la punta de los dedos. Llevaba un vestido rojo, una mascada ligera como tela de araña y unos lentes oscuros que no se quitó ni cuando llegó al escritorio.

El maestro nunca había hablado tan mal.

—Ter... Ter... Teresa no... no va bien. No es... es... está estudian...

Pero la mamá de Teresa levantó la mano y el maestro se calló.

—Sé cómo se arreglan estas cosas.

Y la mamá comenzó a quitarse los guantes muy lentamente. Debajo aparecieron unos dedos blanquísimos y largos como cuchillos. Dejó los guantes en el escritorio, cogió la boleta, caminó hacia el fondo del salón, se detuvo frente al pupitre de su hija.

—Levántate.

Teresa se paró mientras su mamá leía la boleta.

—Español, seis. Historia, siete. Aritmética, cinco.

Y cuando dijo "cinco" le dio una bofetada a su hija.

Sonó igual que una puerta azotada por el viento, igual de imprevisto y rotundo, y todos brincamos en nuestras butacas.

Luego sucedió lo mismo cinco veces más.

Ni el maestro intervino.

En el salón sólo se escuchó la voz de la mamá de Teresa y los estallidos de esas puertas cerrándose solas en la cara de su hija.

La madre olvidó los guantes sobre el escritorio, abandonó su olor a flores en el aula, y dejó la huella de sus cinco dedos como cuchillos en la mejilla de Teresa.

Hasta el día del Carnaval fue la imagen que todos tuvimos de Teresa: inalcanzable y fría como una sombra. No se juntaba con nadie; en los recreos caminaba de una pared a la otra sin participar en ningún juego.

Vivía aparte, igual que si su pupitre estuviera en un aula que no era la nuestra y donde no había niños ni un maestro intentando enseñarnos la geografía del mundo. Como si todo se redujera a la ventana. Eso hacía ella, mirar hacia el exterior, aunque del otro lado sólo existía un muro de ladrillos rojos.

Por aquel entonces, una noche, la noche de los relámpagos, mamá quiso jugar a los pesos.

Mamá había inventado el juego después que murió mi padre. Él subió a un avión por la mañana y en la tarde ya no existía. En la televisión dijeron su nombre, mientras mostraban el profundo pantano donde se hundió el avión y de donde ningún cuerpo podría ser extraído.

Fue lo primero que conté a mamá en el juego de los pesos: lo del cementerio y lo de la tumba sin epitafio.

Aquella vez Octavio ya estaba en la cama. Yo repasaba el álbum de fotografías porque mi papá me había dicho que cuando la gente muere se queda a vivir en el momento más feliz de su existencia, y que eso es el cielo. Yo daba vuelta a las hojas, veía las fotos y trataba de descubrir en cuál de ellas vivía ahora para decirle que bajo mi cama, en una caja de fierro, estaban su cepillo de dientes y su navaja, unos anteojos que a lo mejor no eran los que más le gustaban, el reloj de cadena, pero, sobre todo, el anillo por el cual un domingo volteamos toda la casa sin encontrarlo, que allí estaban todas sus cosas por si algún día quería regresar.

Mamá se acercó, miró un momento las fotografías conmigo, luego me dijo que a lo mejor era hora de que ella y yo comenzáramos a jugar.

La única regla era ser sinceros. Por lo demás el juego resultaba simple: cada quien debía revelar lo que le preocupaba. Así, hablándolo y tratando de encontrarle una solución, nos íbamos a quitar juntos esas pesadas preocupaciones que nos agobiaban. Por eso se llamaba el juego de los pesos. Como si alguien te dijera que ya está bien, que has cargado mucho, que pongas eso en el suelo y descanses un poco.

La primera vez mamá me confesó que llevaba semanas despertándose a medianoche. Que al principio no se acordaba de nada. Sólo cuando sentía las cobijas frías, el colchón frío, y fría la almohada, regresaba a su memoria la muerte de papá y recordaba que estaba sola. Que entonces no se movía ni un centímetro, se quedaba quieta, temblando, hasta el amanecer.

No me acuerdo qué dije yo, pero desde ese día comencé a acostarme con ella para entibiar la parte desierta del colchón.

Ese día juramos que nadie sabría lo que platicábamos allí.

La noche de los relámpagos sucedió varios años después, pero yo seguía confiando tanto en mi mamá que le conté lo de Teresa. Comparé sus ojos con la boca oscura del pozo: allí dentro no se veía nada, pero no podías dejar de mirar porque sentías que había algo que iba a aparecer una vez y después no volvería a salir nunca.

"—¿Te gusta, verdad? '—me interrumpió mi mamá, cuando yo apenas iba a contarle de ella. Que siempre estaba sola, que nunca reía, que una mañana la sorprendí frotándose los labios con una página de cuaderno hasta sacarse sangre.

No pude hablar más. Me sentí "traicionado." Mamá había dicho que todo lo que dijéramos se mantendría en secreto y ella acababa de revelarme algo que yo no quería saber.

# Capítulo III

**E**l miércoles del Carnaval no hubo clases. Las avenidas amanecieron cerradas, excepto Viajuna por donde iban a transitar los carros alegóricos. Las casas estaban adornadas con farolas, y de los postes del alumbrado colgaban cintas y cadenetas de papel.

En días como aquél se justificaban los sobrenombres de la iglesia: el faro, el observatorio, el mirador de los pájaros. Desde allí bastaba con tener buenos ojos para alcanzar a ver los límites de la ciudad y, por supuesto, para mirar todo lo que sucedía en sus calles.

Sonia, Rubén y yo nos reunimos allí. El juego fue reconocer a las personas disfrazadas. Las veíamos aparecer por la calle de Torneros, caminar a lo largo de la verja, y, antes de que doblaran la esquina, debíamos decir si las conocíamos. Con nuestro maestro no fue difícil porque sólo se puso un sombrero de copa y un antifaz pequeñito que dejaba fuera su bigote; vimos a la mamá de Martín vestida de payaso; el panadero usó su eterno traje de torero. A mí me dio vergüenza cuando mamá y sus amigas aparecieron por la Alameda vestidas de negro y con sus sombreros picudos. De por sí ya todos las conocían como "las brujas".

—¿No te das cuenta que se burlan? —le dije una vez, mientras se arreglaba para salir. Y ella sólo respondió: "la gente ataca lo que no comprende", y se fue con sus amigas.

Cuando desde la iglesia vi a un hombre disfrazado de ángel, recordé a papá. Siempre me pasaba igual. No importaba dónde estuviera o qué hiciera, cuando recordaba a papá únicamente quería estar solo.

—Ahora vengo —dije, con una voz que quiso ser normal.

Rubén y Sonia ya sabían. Yo iba a llorar donde no me vieran; luego regresaría inventando cualquier cosa.

Había tanta gente en las calles que fue como si no hubiera nadie. Yo quería que alguien bajara la vista, que alguna de las personas descubriera mis lágrimas y me abrazara sin preguntar, que una sola voz dijera: "no tiene nada de malo, no te vamos a dejar solo aunque sigas buscando a tu padre".

Cuando me encontró el abuelo de Rubén, yo me sentía mejor. Como después de pincharse con un alfiler en el mismo dedo hasta que de pronto ya no duele.

—¡Hey, vaquero, también tú la estás buscando, ¿eh?!

El abuelo de Rubén se estaba quedando sordo y por eso siempre hablaba a gritos.

—¡No oyes!

Yo no entendía de qué hablaba. ¿Buscando a quién?

—Me acabo de encontrar a Rubén. Que Cunia se les escapó cuando bajaron de la iglesia. A quién se le ocurre traer un perro al Carnaval.

Cunia era el perro salchicha de mi hermano.

"Se lo advertí, se lo advertí" pensé, y quise echar a correr, pero el abuelo me detuvo.

—¡Néstor! —me dijo sin bajar la voz—, ¿has dicho eso?

Yo no pude creer que se le ocurriera preguntármelo en ese instante.

Al abuelo de Rubén se le metió en la cabeza que yo debía ser especial. Por eso siempre me hacía memorizar frases rarísimas. Argumentaba que si lograba repetirlas cuando estuviera con mis amigos o con los maestros, que si lograba recordarlas cuando me molestaran los grandes de la secundaria, sucedería la magia: que los maestros me pondrían diez y los grandes me dejarían en paz.

El abuelo juraba que debía ser un problema de memoria pero no era cierto. Yo recordaba todas sus frases. Pero no sabía cómo usarlas, cuándo.

Una vez lo intenté.

—"La única manera digna de perder la inocencia es entre niños" —dije de golpe, cuando mamá me contaba de su trabajo, y ella se me quedó mirando como si de pronto no me reconociera, como si en mi lugar hubiera visto un fantasma.

—¿Has dicho eso? —repitió el abuelo.

Yo negué con la cabeza.

—¡Bueno, bueno! —dijo tratando de sonreír, aunque se veía decepcionado—; tú ve por el parque, que yo busco alrededor de la estación de camiones.

Yo no busqué a Cunia. Iba descendiendo en dirección al desfile cuando vi a la mamá de Teresa. Estaba parada en una esquina como una estatua. Todos la miraban, no sólo por la túnica y la corona de laurel que le hacían parecer una virgen, sino porque llevaba puestos sus eternos anteojos oscuros aunque ya era de noche. Ella lanzó una mirada sobre las cabezas de la gente, luego se apresuró a bajar. Yo me fui tras ella no sé por qué.

Caminamos mucho, metiéndonos en las vecindades y regresando a las avenidas que ya habíamos recorrido, y por eso cuando llegamos a Viajuna, el desfile ya casi terminaba.

No alcancé a ver los gigantes; me perdí muchas carrozas, y ya ni siquiera me regalaron serpentinas. Tampoco vi la caravana de los zancos ni la marcha de las gaitas, pero a quien sí vi en la acera de enfrente, cuando terminó de pasar un carro alegórico repleto de flores, fue a Teresa.

En ese momento comprendí lo que buscaba su madre por toda la ciudad.

"No te encuentra" pude haberle dicho a Teresa, pero no me moví. Nada más me quedé mirándola a través de las flores que se arrojaba la gente de banqueta a banqueta. Era la única que no reía en esa guerra de ramilletes. Las rosas se desgajaban a sus pies pero ella parecía no advertirlo. Estaba rígida, su cabello ondeaba con el viento, tenía un suéter mal puesto sobre los hombros.

Entonces sucedió. Me recordó la vez que pusimos una vela sobre el comal y la cera se fue derritiendo hasta escurrir por la estufa. Así se redujo Teresa: se encorvó y cruzó los brazos. Yo no estaba tan próximo, las flores me impedían ver bien y los carros alegóricos no dejaban de cruzarse, pero aun así salté de la banqueta. No es que hubiera pensado "voy a hacerlo". Simplemente salté y cuando me di cuenta ya estaba a mitad de la avenida y los carros tuvieron que frenar para no atropellarme. Logré rodear los coches y llegar a la acera opuesta, pero Teresa ya no estaba. No pude hacer nada más que recoger el suéter y quedarme un momento mirando hacia el punto donde ella debió de encontrar eso que la asustó: sólo había máscaras que no paraban de sonreír.

# Capítulo IV

**P**ara llegar al centro del laberinto teníamos que caminar pegados al muro interior y doblar a la derecha cada dos entradas. Ya sabíamos: dejar pasar el primer pasillo, meternos por el siguiente. Yo había andado por allí cientos de veces; sin embargo esa mañana me perdí. Desde que salí de la casa y caminé por las calles cubiertas de confeti, en dirección al parque, ya iba distraído pensando en el gato.

En ese entonces, cuando sucedió, Octavio todavía no había nacido. Mamá me mandó a la tienda y yo fui corriendo porque papá no tardaba en llegar. De regreso lo vi tendido en la calle. Era un gato negrísimo. Abría la boca y maullaba largamente. Yo lo hice para que no se le ensuciara esa lengua pálida que colgaba hasta el suelo. Cogí una de las tortillas de papá y se la puse al gato atropellado bajo la cabeza. Ahí debí regresar a casa. De todos modos no iba a servir quedarme.

Pensaba que papá ya tendría que haber llegado, que su sopa se estaba poniendo fría, pero no pude hacer nada distinto: el gato maullaba y yo le hacía una caricia; maullaba y yo recorría una y otra vez su espinazo. Así fue hasta que se calló y se puso duro. Para entonces era de noche, me dolía la mano y ya no quedaba ninguna tortilla para papá. En casa dejé que me regañaran. No hubiera sabido cómo decirles que las extendí alrededor del gato por si alguna vez se le ocurría despertar.

Por eso me perdí en el laberinto. Por ir recordando. Habré dado mal una vuelta y luego todos los muros me parecieron iguales: desteñidos, verdosos por el musgo. Si no hubiera sido por Sonia, quien apareció de pronto por uno de los pasadizos, yo habría seguido allí dentro no sé cuánto tiempo.

Después, cuando Sonia y yo llegamos al centro del laberinto, no les conté del gato. No les dije que cuando vi a Teresa eso fue lo que quise hacer: acariciarla hasta que dejara de temblar. Sonia, Octavio y Rubén estaban sentados en los bloques de cemento y removían la tierra con los pies; todo aquel sitio se encontraba lleno de piedras.

—La tenemos que ayudar —dije.

Sonia me miró, pero Rubén ni siquiera levantó la cabeza pues todavía estaba de malas por no haberlos ayudado a buscar a Cunia.

—¿A quién? —preguntó Octavio.

Y les dije de la mirada de Teresa; que era la misma de nosotros, la conocíamos bien; que yo vi su miedo la noche anterior cuando casi me atropellaron, allí, en sus ojos, y que no se nos olvidara: nosotros habíamos jurado defendernos de las pesadillas.

# Capítulo V

"A veces, quienes más necesitan ayuda son quienes menos saben aceptarla." Los días siguientes dejamos mensajes en la papelera de Teresa, pero ella no acudió al parque. Rubén se obstinaba en que desistiéramos.

—Si no quiere no le vamos a rogar.

Pero Sonia le recordó que así había sido con él la primera vez que intentamos apagar el fuego.

Tuvimos que hacerlo contra la voluntad de Teresa.

Ella solía regresar a su casa por el callejón adoquinado. Esa vez ella se acercó pateando un bote. Calzaba botas que no parecían de mujer, tenía el suéter amarrado a la cintura y llevaba la mochila en la espalda. Ahí más que nunca advertí que Teresa quería ser fea. Parecían a propósito las calcetas caídas y la blusa como frotada contra una piedra para desgastarla.

No quisimos darle un susto. Incluso salimos en silencio del umbral.

Yo creo que fue cuando se le despejaron las dudas a Rubén. Teresa se puso blanca, se quedó quieta, ni siquiera pudo gritar.

No sé por qué me eligió a mí. Tardó en moverse pero una vez que lo hizo ya estaba encima tirándome de puñetazos. Sucedió tan rápido que nadie reaccionó. Yo sólo me cubrí la cara. Octavio me dijo después que Teresa lo hizo con los puños cerrados. Yo pienso que la calmó el grito, pero ellos dicen que fue mi sangre.

—¡Vamos a ayudarte! —grité.

—¿Ayudarme con qué? —preguntó echándose hacia atrás, recelosa.

Yo aproveché para levantarme y limpiar la sangre que me salía de la nariz.

—Con tu pesadilla.

Teresa se nos quedó mirando, a uno por uno, lentamente.

—Nosotros también tenemos pesadillas —me apresuré a decir porque sabía que ése era el momento de convencerla—, ¿verdad, Sonia? Por eso lo hacemos. Nosotros también sentimos miedo.

A Sonia le tembló la voz y los labios se le doblaron.

—Me da miedo algo que nunca he visto —murmuró, y los ojos se le llenaron de lágrimas.

—¿Ves?, estamos igual —volví a decir—. También Rubén y Octavio están enfermos, pero nadie ha podido ayudarnos.

—A mí me asusta el águila —aclaró Octavio mirando el cielo.

Rubén no quería hablar. Había bajado la cabeza y frotaba la suela del tenis contra el adoquín.

—Por favor, Rubén —dije yo.

Rubén sabía que cuando contaba su miedo, él se convertía en otro: uno más pequeño y menos fuerte, y por eso no le gustaba confesarlo.

—Por favor, Rubén —repetí.

Y apenas escuchamos lo que dijo.

—Que se incendie el mundo.

Fue cuando Teresa empezó a reír.

No sé qué me dio más coraje, si sus burlas o que ella no se hubiera dado el tiempo para escucharme a mí.

—Pero al menos nuestros miedos no son como el tuyo —dije, y agregué antes de darle tiempo a reaccionar—, a ti te está persiguiendo alguien.

Teresa calló, se tapó la boca como si hubiera sido ella quien lo dijo y echó a correr.

Aunque alcanzó muy rápido la esquina, nos dio tiempo de mirar que iba llorando.

# Capítulo VI

Supongo que los cuatro pensamos igual: Teresa lloró por lo mismo que nosotros. Es difícil explicarlo. Como cuando alguien tiene una enorme cicatriz y le obligan a mostrarla y a la mera hora nadie sabe verla. Como una traición.

Supongo que pensábamos parecido aunque no pude preguntarles a Octavio, a Rubén y a Sonia porque también ellos se marcharon, cada quien por una calle distinta.

Yo había tenido la culpa pero no se me ocurrió otra forma de convencer a Teresa. Lo más seguro es que Rubén pasó la tarde en el puente para fingir, mirando el río; Sonia siempre se metía en la cama; a Octavio lo encontré balanceándose frente al televisor apagado, chupándose el pulgar como cuando era pequeño.

Todos tardábamos un día en recuperarnos por haberlo dicho. Era el problema: hablar. Por eso no nos gustaba confesar nuestro miedo. Cuando lo ponías en palabras siempre parecía poco.

Al principio, en el tiempo en que empezamos a juntarnos, contábamos nuestras pesadillas. Entonces todavía creíamos que se podía terminar de decirlas sin sentirse tonto y avergonzado. Pasaba que no existían las palabras que necesitaba cada quien. No para convencer a los demás. Lo que dolía es que ni siquiera nosotros, hablando, podíamos revivir el sufrimiento de cuando estábamos solos. Octavio dijo "el águila", cuando pudo haberle contado a Teresa que escuchaba el aleteo muchas horas antes; que el viento hacía vibrar los cristales y ponía a crujir el techo como si se fuera a desprender; que él siempre terminaba encogido entre el ropero y el muro para que ese enorme ojo amarillo que nunca parpadeaba no lo fuera a encontrar. Pudo haberlo dicho, y de todos modos Teresa no habría tenido modo de entender que a veces mamá debía llegar corriendo al cuarto y abrazar a Octavio para que no siguiera golpeando su cabeza contra los barrotes, porque él gritaba que el águila se le había metido adentro y no se le quería salir.

No habría servido de nada decirlo. Por eso aprendimos a contar cada vez con menos frases. Cuando Rubén aceptó acudir por primera vez al laberinto sólo mencionó que necesitaba ayuda para apagar todos los fuegos que querían incendiar el mundo. Fue hasta después, la única vez que fuimos juntos al balneario, cuando le vimos la espalda quemada, rugosa, como si fuera la corteza de un árbol.

Así nos sucedió a los cuatro. Aprendimos a resumir hasta quedarnos con una palabra. De todos modos nadie nos iba a entender. Sonia le llamó "zum" a su pesadilla por causa del sonido de huracán que la iba rodeando antes de dejarla inmóvil, como si algo le cayera encima, quieta igual que una estatua o una piedra, y entonces empezaba a acercarse eso que la asustaba y que ella nunca podía ver.

—Catalepsia —dijo el abuelo de Rubén; pero Sonia repetía que no estaba dormida: se lo juro, señor, lo veo y lo oigo todo, sólo que el zum me tiene atrapada y ya no me deja mover.

El águila, el zum, el fuego. Éstos eran nuestros miedos por más estúpidos y vergonzosos que sonaran.

Al salir del callejón donde intentamos ayudar a Teresa, yo murmuré: "la mano". Mi miedo. Porque yo tuve la culpa y si quería ser justo debía pasarme toda la noche, igual que Teresa, Sonia, Rubén y Octavio, acostado con mi pesadilla.

# Capítulo VII

**A**l día siguiente supimos que el llanto de Teresa tuvo otra causa. Cuando llegamos al laberinto, ella ya nos estaba esperando. Nos bastó verle la ropa llena de cal para entender cómo hizo para alcanzar el centro. Ella no podía conocer la clave de las segundas entradas, así es que debió encaramarse por el muro y luego tuvo que haber caminado por encima, aunque la base era angosta como la palma de una mano.

Teresa parecía otra. Estaba de pie pero con los brazos caídos y la cabeza inclinada. Nadie se atrevería a pensar que fuera ella quien me golpeó un día antes. Tenía la nariz enrojecida y los ojos más hinchados que los nuestros. ¿Cómo lo puedo decir? Era igual que si de un día a otro la hubieran cambiado por una Teresa menos fuerte y menos alta; como si en lugar de la Teresa que conocíamos, estuviéramos viendo a una hermana suya que siempre había permanecido encerrada en un sótano y siempre había temblado de miedo.

Nos lo contó sin darnos oportunidad de sentarnos, con la voz baja que se usa para los secretos. Habló casi una hora, y durante ese larguísimo tiempo no transcurrió un minuto sin que dejara de voltear hacia la entrada y hacia cada una de las paredes, como si temiera que alguien fuera a aparecer de pronto.

No pudimos decirle nada. Ni "te vamos a ayudar", ni "no te preocupes", ni "ya no estás sola". Nada, porque nunca antes habíamos oído una pesadilla así.

Teresa le tenía miedo a alguien, su tío, y su tío era nada menos que quien organizaba las excursiones de la escuela: el señor Julián. Todos habíamos viajado con él; cada año la directora le daba un diploma; la junta de los padres de familia lo invitaba a sus reuniones, y para muchos niños era mejor que un padre porque jugaba con nosotros, nos contaba chistes y, cuando teníamos problemas, nos sabía escuchar.

Teresa empezó diciendo que al principio el señor Julián la quería mucho y siempre le compraba regalos.

Ella no sabía qué había pasado. Su tío comenzó a buscarla cuando su mamá estaba en el salón de belleza. Iban al cine muchas veces. Que ella no le dijo a su mamá porque el señor Julián la convenció de que era un secreto entre ellos. Que al principio no lo quiso creer porque era su tío y su tío la quería mucho y los tíos no pueden hacerle daño a las niñas, ¿verdad?

Teresa lloraba al contárnoslo, aunque parecía no darse cuenta.

Que ella no entendía por qué sentía miedo si en realidad el señor Julián no le hacía nada malo.

Todos los adultos tocan a los niños, repetía para convencerse, pero aún así empezó a pedirle a su mamá que la llevara con ella al trabajo. Su mamá la ignoró y Teresa nunca encontró dónde esconderse porque su tío tenía llave de la casa y era adulto y cuando ella iba llorando en la calle, las personas sólo decían "buenas tardes, señor Julián", "Qué tal, señor Julián", hasta que llegaban al cine.

Al final nos dijo que ella no sabía por que su tío cada vez se enojaba más fuerte. Ella le obedecía incluso en lo de sentarse en sus piernas a mitad de la película, o en lo de sacarse la blusa para que él pudiera meter las manos por debajo. Ella no entendió qué hizo para que su tío terminara apretándole el cuello, la última vez, y acabara diciéndole al oído: "si lo cuentas, le va a ir muy mal a tu madre".

Por eso lloró el día anterior.

—No quiero que le pase nada feo a mi mamá —gimió Teresa.

Y yo me sentí muy mal porque había sido yo quien le dijo en el callejón, como si estuviera al tanto de todo, que alguien la estaba persiguiendo.

Luego Teresa calló y esperó un momento para que reaccionáramos. Nosotros no pudimos. Ni Sonia ni Octavio ni Rubén ni yo abrimos la boca. Teresa se secó las lágrimas con la manga del suéter. Antes de salir del laberinto murmuró que su tío tuvo razón. Él le había dicho que de todos modos nadie le iba a creer.

# Capítulo VIII

El señor Julián llegó a la ciudad cinco años atrás y desde entonces vivía en una de las casas recién construidas muy cerca del cementerio. No tenía esposa ni hijos. Su perro se llamaba Bruno, todas las tardes los veíamos pasar juntos hacia la barranca, y, desde que comenzaron las excursiones, Bruno ocupó siempre el primer asiento del camión.

El señor Julián era el único adulto que usaba pantalón corto sin verse ridículo, el único que leía *Las aventuras del capitán Trueno* sin bostezar y sin abandonar la lectura por hacer una llamada telefónica. Una vez, en un día del niño, se metió a escondidas en la fábrica de chicles y salió con un costal repleto que nos duró hasta las vacaciones.

Todos teníamos buenos recuerdos de él. Fue quien encontró a Luisa en el pozo cuando ya se habían hecho pesquisas incluso en los pueblos próximos. Fue quien se me acercó y me dijo que no les hiciera caso a los demás, que si yo pensaba con suficiente fuerza mi papá regresaría.

No culpo a Rubén por haberse enojado así. Los días que siguieron sólo intentamos convencernos de que era mentira lo dicho por Teresa. Rubén apretaba la boca mientras Octavio, Sonia y yo nos turnábamos para decir alguna frase conveniente que respaldara al señor Julián.

Algo no marchaba ya, sin embargo. Nosotros lo habíamos visto muchas veces en el cine; lo seguimos en el bosque durante la primera excursión cuando él llevaba en los hombros a los más pequeños; estuvimos enfrente la noche que abrazó a Victoria, mientras contaba la historia del fantasma. No es que hubiera nada de malo en eso, sólo que de allí en adelante no podríamos verlo sin sospechas cuando hiciera cosas parecidas.

Por eso tuvimos que espiarlo. No para ayudar a Teresa. Queríamos ver al señor Julián como antes, otra vez.

# Capítulo IX

Pudimos interrogar a Victoria; ir con cada uno de los niños de la escuela preguntándoles si era cierto, pero la verdad es que, allí, trepados en el árbol y mirando por encima de la tapia del panteón, ya no hubo nada por preguntar.

Llevábamos cinco días siguiendo al señor Julián por las calles del centro y el supermercado; viéndolo entrar en los edificios con su caja de herramientas y viéndolo salir una hora después con los fierros herrumbrosos de las tuberías descompuestas. Sufrimos las dos ocasiones en que fue al cine: una por la tarde, cuando nos sentamos siete filas atrás, y la otra por la noche en una función de adultos, cuando debimos esperar en el restaurante de enfrente bebiéndonos un refresco entre tres; Sonia se había ido a su casa porque no podía estar en la calle más allá de las ocho.

Lo vimos correr con Bruno; comprar una botella de vino; leer el periódico en una banca del parque. Lo miramos hacer eso y muchísimas cosas más, así de normales, durante cuatro días y medio; cosas que hacía mi mamá y hacían los papás de Sonia y todo el mundo. Hasta Rubén empezaba a reír otra vez porque desde el principio dijimos cinco días y ya sólo faltaba esa tarde de viernes. El señor Julián no había hecho nada malo: ni siquiera algo pequeño como escarbarse la nariz o sacarse los zapatos en el cine, nada de nada. Por eso, cuando lo miramos salir de su casa esa tarde, hicimos trampa y ya no lo seguimos. Nos quedamos trepados en el árbol del cementerio para poderlo ver cuando regresara: lo íbamos a mirar abrir la puerta y luego volveríamos felices a nuestras casas por tenerlo de nuevo con nosotros.

Así debió ser.

Después pudimos pedir a toda la gente de la ciudad que nos dijera que el señor Julián no era malo, pero no hubiera servido.

Cuando casi decidíamos que era hora de marcharnos lo vimos llegar: llevaba a Teresa sujeta del cuello. La tenía cogida como si hubiera terminado una caricia allí donde se juntan el cabello y la piel, y hubiera olvidado retirar la mano. El señor Julián se volvió hacia todos lados cuidándose de las miradas. Teresa no levantó la vista del suelo ni siquiera cuando el señor Julián la empujó suavemente dentro de la casa.

Fue lo más que pudimos hacer por ella. Rubén era el mejor tirador así que le tocó aventar la piedra. El cristal de la ventana se hizo pedazos y apareció el señor Julián. No dijo nada. Vio los vidrios rotos y, aunque pudo sujetar a Teresa cuando pasó a su lado, la dejó ir. Teresa se fue corriendo y él permaneció en la entrada hasta que ella desapareció. Desde el árbol pudimos ver que el señor Julián tenía en la mejilla un enorme rasguño rojo.

# Capítulo X

La siguiente vez que nos vimos, Teresa nos dijo "gracias" y nosotros le pedimos perdón.

Fue extraño. Ya ni siquiera el laberinto nos pareció un lugar seguro. Estábamos allí los cinco y sólo nos volvimos hacia la puerta de la entrada y hacia los muros donde estaban escritos los nombres de todos los que alguna vez pertenecieron al grupo.

Lo más que Octavio, Rubén, Sonia y yo hicimos en una hora fue jurarnos que no iríamos nunca más de excursión con el señor Julián, y después nos quedamos callados, rehuyéndonos la mirada para no aceptar que estábamos tan confusos como Teresa.

Recuerdo que cuando Rubén nos dijo lo del incendio del mundo prometimos que apagaríamos todos los fuegos de la ciudad, y cada quien por su lado cerró las llaves de la estufa, extinguió fogatas, llenó los calentadores con puñados de lodo.

Siempre supimos prometer. Fuimos a dormir a casa de Sonia durante dos semanas completas, haciendo turnos para despertarla cada vez que la creíamos atrapada por el "zum", hasta que su mamá nos dijo que ya estaba bien, que nosotros teníamos nuestras casas y que miráramos bien las ojeras de Sonia, eso no era normal.

Las pesadillas solían indicarnos cuál era la estrategia que debíamos seguir: un águila exigía que nos volviéramos cazadores; la invasión de brujas no nos dejó más opción que acabar con las escobas.

Así había sido hasta que Teresa nos contó su miedo. Por primera ocasión no encontramos ninguna promesa que pudiéramos hacer.

Es lo que pensábamos en silencio: ¿qué le vamos a prometer?

Tampoco ella nos ayudó mucho. Teresa estaba sentada en una de las piedras con la cabeza apoyada sobre las rodillas, el cabello le cubría la cara y parte de los brazos. Se mantenía ajena, algunas veces se estremecía y sabíamos que hacía lo posible por llorar en silencio. Los pocos momentos en que levantó la cabeza hizo comentarios raros como ése de que antes las calles no tenían nombre y por eso la gente no sabía si estaba regresando a casa o se estaba perdiendo para siempre. Mencionó que en el campo marcaban a las vacas con un metal al rojo vivo sólo para que todos supieran que ya tenía dueño. Preguntó, la última vez que levantó la cabeza, que si una calavera con los huesos cruzados siempre indicaba peligro, "¿qué piensan ustedes?", que si todos sabrían reconocer esa marca.

Después Sonia dijo lo que los cuatro habíamos estado pensando desde que llegamos al laberinto pero no nos atrevimos a mencionar.

—¿Y por qué no le cuentas a tu mamá? —preguntó Sonia en voz baja.

Teresa no levantó la cabeza.

—Ya le dije.

Nosotros sólo vimos su cabello cayendo como una cortina, como esos telones que bajan cuando terminan las obras de teatro.

—Le dije, y no me creyó.

# CAPÍTULO XI

Acordamos una reunión para el día siguiente. Cada uno habría de acudir con sus planes y así decidiríamos cuál era mejor. Octavio me confesó, camino a casa, que sólo se le ocurría hablar con el señor Julián y pedirle que no lo hiciera más.

—¿Verdad que es buena idea? —me interrogó, mirándome con unos ojos tan grandes que no me atreví a desmentirlo.

Más tarde fui al único teléfono para niños de la ciudad: allí debíamos subirnos en la piedra puntiaguda que no pudieron echar fuera ni siquiera con máquinas y por eso la cubrieron con cemento. Te subías en la piedra que parecía el pico de un iceberg, te parabas de puntas y sólo así alcanzabas la ranura de las monedas y el disco de los números. Caminé muchas calles hasta el teléfono y después esperé a que pasaran todos los niños que estaban formados antes de mí. Rubén me contestó.

—¿Qué has pensado? —dije.

—Que le hagamos algo —escuché desde el auricular.

Me di cuenta que Rubén no bromeaba. Así como se había resistido a creer lo del señor Julián hasta que ya no hubo manera de negarlo, ahora se corría al extremo opuesto y me proponía que le echáramos alguna cosa a su café.

—Algo para dormir que guarda mi abuelo —murmuró, y siguió diciendo furioso que lo inmovilizáramos con una cuerda y que lo lleváramos al puente. Después, cuando Rubén me contaba que él vio en una película cómo les amarran una roca en las piernas, comenzó a encimarse la voz de la operadora.

—Tiempo transcurrido. Tiempo transcurrido. Tiempo transcurrido.

Yo no encontré más monedas en mis bolsillos, así que tuve que colgar.

Quise ir con Sonia pero no hubiera estado bien. Teresa iba a dormir con ella para no llegar a su casa.

El problema, y por eso yo andaba de un lado a otro, era que no lograba sacarme de los oídos lo que Teresa contó al salir del laberinto. Lo confesó y luego ya no fui capaz de concebir ningún plan: que todas las noches rezaba para que el tiempo retrocediera hasta ese día en que todavía no pasaba nada, que a lo mejor entonces podría saber qué hizo ella para que su tío la empezara a tocar.

En la noche no le dije nada a mi madre. Me convencí de que guardaba silencio para no poner en peligro a la mamá de Teresa. Cuando mi madre me llamó para jugar a los pesos, pretexté que tenía sueño y subí a mi recámara.

—¿Te sucede algo? —preguntó ella desde el otro lado de la puerta; yo no le respondí.

—Hay que contar lo que nos preocupa antes de que se haga grande —murmuró todavía; y para no escucharla, yo me seguí repitiendo en voz baja que el señor Julián podría descubrir que mamá lo sabía y entonces ella también estaría en peligro.

La verdad es que yo me sentía culpable e injusto con mamá. La primera vez que jugamos a los pesos, le conté lo de la tumba. Se lo confesé todo: que cuando dijeron en las noticias que no se podría recuperar ningún cuerpo porque el avión se había hundido en algo parecido a las arenas movedizas, yo no pude soportarlo y por eso me fui al cementerio.

—Sólo quería seguir hablando con él y por eso escogí la tumba —le confesé a mi madre sintiendo escurrir las lágrimas por mis mejillas—, pero a lo mejor es pecado usar una tumba que no es tuya, pues siempre borran el nombre que yo escribo allí.

Esa noche mamá durmió conmigo y, al día siguiente, temprano, fuimos al panteón. Ella caminaba seria, como si fuera a regañarme.

—¿Cuál es? —preguntó apenas entramos.

Y yo, sintiéndome traicionado y traicionero, le enseñé la piedra sin epitafio donde otra vez habían desaparecido las seis letras del nombre de papá.

—¿Aquí lo escribes? —repitió con una voz extraña, como temblorosa, cuando yo esperaba sus regaños, pero aun así no pude hablar.

Entonces ella se hincó, abrió su bolso y, con un marcador negro, escribió en la lápida: "Néstor Estrada Benítez. Te extrañamos". Luego firmó: "tu esposa que no se consuela", y me dio el marcador para que yo escribiera también.

A ella, que me devolvió a papá aquel día pues las letras ya nunca se borraron, fue a quien yo no logré contarle lo de Teresa. No pude. Mi mamá no tuvo la culpa. Ella siempre fue buena conmigo, pero yo sólo pensaba en que si a nosotros nos había costado trabajo aceptar lo del señor Julián, eso que ni siquiera la mamá de Teresa quiso oír, entonces mi madre no podría creerlo jamás. Nadie lo aceptaría.

"A lo mejor así son las cosas" pensé, "todos los adultos saben y no les interesa decir nada: quizás pueden hacernos lo que quieran y a nosotros nos toca callar".

Esa noche miré a través de la ventana a los niños que caminaban de la mano de una persona mayor y vi a las niñas de los edificios de enfrente, en sus recámaras, justo cuando aparecía un adulto y cerraba la puerta por dentro.

Allí entendí que siempre habría personas grandes alrededor de nosotros, y que todos serían tíos o amigos o personas que se conocían desde muchos años atrás, y entonces podían cogernos de la mano y decirnos que sería mejor volver.

Eso era lo que daba más miedo: sólo los grandes nos podían ayudar contra otros grandes. ¿Pero, y si no querían hacerlo?, ¿y si todos eran así?

La verdad es que no pude decirle nada a mi madre porque esa noche la vi como si nunca la hubiera visto antes: por primera vez no la reconocí.

# Capítulo XII

Tenemos que irnos.

Fue lo que murmuré a la hora del recreo, cuando nos escapamos de la vigilancia de los maestros y nos metimos en el sótano.

Rubén, Octavio, Teresa y Sonia cesaron de hablar, y hasta allí dentro se dejaron oír los ladridos del perro setter. Seguramente Roura lo estaba molestando de nuevo.

—Irnos de aquí —repetí, y sólo me miraron con los ojos entornados de la incredulidad.

Hasta entonces Rubén había permanecido silencioso sin proponer lo de las pastillas para dormir y la ida al puente. Octavio dijo aquello de hablar con el señor Julián, y nos vio con esa mirada húmeda de quien, muy en el fondo, intenta convencerse de que las soluciones fáciles sí pueden existir. Teresa no cesaba de recorrer el sótano; iba evadiendo las cajas, la bicicleta herrumbrosa, una llanta que nada debería de hacer allí abajo. No le gustaban mucho nuestros planes. Se notaba: tenía endurecida la boca y cuando respiraba se le dilataban las aletas de la nariz.

Sólo se detuvo cuando Sonia propuso lo de buscar a una persona mayor para pedir ayuda. No sé si fue por el susto o porque Teresa al fin oía la solución esperada. Teresa se paró y Sonia dijo que alguien debía de protegernos.

No pude decirles lo que yo había descubierto apenas ayer. Ellos ni siquiera se detuvieron a pensarlo. Empezaron a enumerar a la gente conocida, a hacer una lista larguísima de nombres.

—Mi mamá.

—El maestro.

—La señora Julieta.

Eso decían pero acababan descartándolas, sin exponer razón alguna, sólo vacilaban y luego decían que mejor no.

Habíamos entrado, sin saberlo, en ese lugar lleno de espinas que se llama desconfianza.

Por eso grité. No se daban cuenta que podrían pasar lista a todo el mundo y nadie nos convencería.

—¡Irnos de la ciudad!

Ellos cerraron la boca. Escuchamos un momento los ladridos de los perros en el patio sin agregar ninguna palabra, pero entonces Octavio se acordó de la única persona a quien ninguno de nosotros pondría en duda jamás: el abuelo de Rubén.

No es que siempre nos tratara de lo mejor. A veces se enojaba, a veces ni siquiera quería vernos. Pero él nunca nos traicionaría. Lo demostró cuando la fuga de Rubén. Su abuelo prometió que no lo entregaría, que no le denunciaría con nadie, y durante una semana lo tuvo con él en el asilo, dentro de su cuarto, cuidando que nadie lo viera. Prometió y cumplió: no le dijo ni siquiera a su hija.

A la semana, Rubén le confesó a su abuelo que quería volver y el abuelo pagó las consecuencias de ser fiel a su promesa: su hija no le volvió a hablar.

Sonia tenía razón: debíamos buscarlo.

Fue cuando comprendimos por qué Rubén había permanecido silencioso.

—Está enfermo —dijo con la misma voz temblorosa con que anunciaba su terror de que se quemara el mundo—. Desde ayer en la noche no ha podido despertarse.

No supimos decir nada. Todos queríamos mucho al abuelo de Rubén.

—Entonces no queda más que irnos —escuchamos la voz apenada pero urgente de Teresa.

Y los cuatro entedimos que sí, era la única opción, ahora que de verdad nos habíamos quedado solos.

# Capítulo XIII

**F**ue algo parecido a una fiesta donde no se invitó a ningún adulto. Cada papelera guardaba una hoja aparentemente blanca que debías poner cinco minutos al sol y leer a trasluz; luego el mensaje se borraba.

No en balde mi hermano Octavio se acordó de la historia del flautista de Hamelín: todos los del salón se volvían desde sus asientos para mirarnos y preguntar con un gesto si de verdad lo íbamos a hacer. Por supuesto que lo íbamos a hacer, y todos los que quisieran podían fugarse con nosotros.

—Ningún niño va a quedarse en la ciudad —me dijo Sonia fascinada; y fascinados estábamos también Octavio, yo, e incluso Rubén, porque aquello era como en los viejos tiempos cuando el laberinto se llenaba de muchos como nosotros para que los curáramos del miedo. Sólo Teresa parecía no darse cuenta de la euforia que se había ido contagiando de grupo a grupo, semejante a la época en que se acercaban las vacaciones.

Fue igual que si viviéramos dos tiempos distintos. Para los maestros era un jueves cualquiera con dictados y numeraciones aburridas; para nosotros era un día en el cual sabes que todo lo estás viendo por última vez.

En realidad fueron tres tiempos: a la hora que sonó el timbre anunciando la salida y todos fuimos hacia el portón con la sonrisa del adiós, surgió un tercer tiempo. El tiempo de Teresa. En el salón ella permaneció rígida mirando el muro de ladrillos rojos que estaba frente a su ventana, como preguntándose por qué nadie había tenido la curiosidad de saber cuál era el motivo de la huida.

# Capítulo XIV

No encontré a mamá en casa. Seguro estaba con sus amigas en otra de esas reuniones que iban cambiando el mapa de la ciudad. También por eso les decían "las brujas". Parecían poseer poderes mágicos, pero mamá me dijo que no era cierto. Recuerdo que me dio una hoja.

—Rómpela —ordenó.

La rasgué bien fácil. Luego me dio el cuaderno completo.

—Ahora rompe todas las hojas juntas.

No pude. Por más que lo intenté fue imposible.

—Ésa es nuestra magia: estar unidas.

Magia o no, era enorme su poder. Ellas impidieron la destrucción del edificio más viejo de la ciudad: el Candelero. Lo llenaron con los libros que llegaron de todo el país luego que ellas mandaron cientos de cartas pidiendo apoyo para la nueva biblioteca. Fueron quienes organizaron la defensa del río porque una compañía de entretenimientos intentó desviarlo para levantar un campo de golf tras la montaña. También crearon la Casa de Asistencia para los niños que vivían en las calles.

Llegué entonces a casa; mamá no estaba; Octavio metía galletas en su mochila. Bueno, por cada una que metía, masticaba otra, y le aventaba una más a Cunia, quien la devoraba rapidísimo.

—¿Crees que sea suficiente para alimentarnos ahora que estemos lejos? —me preguntó con la boca llena, mostrándome el interior de la mochila.

Y yo le dije que si seguían comiendo así les iba a doler el estómago.

Luego me metí en mi cuarto, me recosté en la cama e intenté dormir porque íbamos a necesitar de todas nuestras fuerzas para escapar de la ciudad.

Tardé en conciliar el sueño. Me preocupaba qué haríamos con los más chicos cuando empezaran a extrañar a su padres, y cómo cabríamos tantos en un camión. Muy en el fondo me preguntaba si de verdad existiría un sitio donde no hubiera gente grande.

Apenas dormí me atrapó mi pesadilla. Siempre sucede igual: empiezo a caminar por un sitio lleno de ramas como víboras pendiendo sobre mi cabeza, en un colchón de hojas que crujen con cada uno de mis pasos. Yo estoy allí pero no recuerdo para qué. Camino con cuidado, igual que si mis tobillos fueran débiles y pudieran doblarse en cualquier momento. Hay un olor denso y húmedo como el que despiden los camiones de basura en el verano. Sólo se escuchan los crujidos de las hojas y los latidos de mi corazón cada vez más acelerados. Entonces veo la mano. Siempre llego cuando está apunto de hundirse en el suelo. No sé quién es la víctima; seguramente se ahoga: se lo está tragando ese mismo piso duro donde yo me hallo de pie. No lo pienso. Comienzo a tirar de la mano para salvarlo. Jalo tan duro que siempre me duelen los hombros y comienza a pulsarme la cabeza. El hecho es que no logro desenterrarlo ni un poco. Parece hundido en cemento. Pero ya no puedo desasirme. Si lo suelto se va a terminar de sumergir. Algo extraño ha pasado: yo le di la mano para salvarlo, pero ahora lo único que estoy decidiendo es cuándo voy a dejarle morir. No es que yo desee hacerlo. Sólo que cada vez me siento más adolorido y más exhausto y cuando lo suelte va a desaparecer. De pronto no puedo más. Las gotas de sudor se meten en mis ojos y me enceguecen; me rechinan los dientes de tanto apretar la boca. No puedo más. Aflojo los dedos, casi sin quererlo abro la mano, y entonces empieza la verdadera pesadilla. Las manos se quedan unidas. Como si nunca hubieran sido dos manos diferentes. Una continuación de huesos y piel que comienza a jalarme hacia el interior de la tierra. Siento la humedad y la presión en mi brazo; los arañazos de las raíces. Parecen dedos larguísimos que me atraviesan la espalda, las piernas, y me jalan hacia el fondo como miles de anzuelos. Al final veo cuando la tierra se cierra sobre mis ojos, todo se vuelve negro y comienzo a gritar.

Aquella vez desperté con los brazos endurecidos como tablas. Lo primero que hice fue acordarme de Teresa. "Quizás no pudo dejar de ver el muro de ladrillos rojos" se me ocurrió pensar, "porque estaba preguntándose quién de nosotros aceptaría sufrir lo que ella había sufrido, sólo para que todos los demás inventáramos la fiesta de la huida".

# Capítulo XV

Cuando llegué al parque, justo a las ocho de la noche, ya estaba Teresa. La vi y me quedé estúpidamente inmóvil.

—¿No me vas a saludar? —dijo acercándose.

Nunca lo hubiera creído. Eran exactamente iguales. Por primera vez Teresa se había dejado suelto el cabello y se había puesto un vestido. El perfume también era de su mamá y lo mismo esa belleza como de película. Igual a su madre.

Me dio un beso y no pude hablar. Ella estaba eufórica; los ojos le brillaban como los reflejos de la luna en la superficie negrísima de un lago. Iba de aquí para allá manoteando y contándome lo bien que la íbamos a pasar lejos de los mayores; que en otro sitio nada temeríamos ni volverían las pesadillas.

—¿Verdad? —preguntaba risueña, meciéndose en los columpios—. ¿Verdad? —y se arrojaba por la resbaladilla.

Nunca hubiera creído que Teresa pudiera ser así. No sé cómo decirlo: normal, leve, igual que si de pronto se hubiera librado de algo que la empujaba por los hombros e intentaba doblarla. Parecía levitar, moverse sin la ayuda del suelo. Quizás por eso no notó la ausencia de Octavio.

—Mira lo que traje —dijo, y flotó hacia su maleta. Desempacó una muñeca tan vieja que casi estaba calva, una cobija que no le cubriría ni las piernas, su diario, una reata para saltar, un resorte.

—Y tú, ¿qué trajiste? —preguntó mientras abría mi bolsa de plástico y desembolsaba el álbum de fotografías y la caja de papá que por primera vez yo había sacado de abajo de la cama.

—¿Nada más esto?

Y yo busqué en mi bolsillo.

—No, también un poco de dinero.

Y desarrugué el billete de diez pesos y se lo di.

A las nueve de la noche ya habíamos mirado el álbum tres veces; me sabía de memoria la historia de su muñeca; incluso Teresa había leído en voz alta algunas páginas de su diario sólo para demorar una certeza que se estaba volviendo ineludible.

Al fin Teresa no pudo más.

—¿Ni siquiera va a venir Sonia?, ¿dónde está Rubén? ¿y tu her...?

Pero ya no pudo seguir porque se le quebró la voz y escondió la cara entre las manos.

No llegó nadie. Nadie, a pesar de que durante la mañana parecían tan convencidos y leales, tan unidos a nosotros. Ninguno de los niños que en el recreo se acercaron sólo para sentirse próximos, sin necesidad de dirigirnos la palabra, sólo caminar a nuestro lado, mirándonos con orgullo. Ninguno de ellos. Ni Roura ni Ute ni Onofre ni Pavón ni Pedro ni Julia ni Victoria ni Azucena. Nadie, a pesar de haber mirado la escuela como si jamás fueran a volver. Ni siquiera apareció Sonia. Habló por teléfono para decirme que ella quería mucho a sus papás y que decidir marcharse sería tanto como pensar que ellos también eran malos.

Todos parecían esconder un mismo miedo: Rubén murmuró que su abuelo seguía dormido; que de todos modos él ya le había contado todo y que cuando su abuelo despertara sabría qué hacer; que nos alcanzaría.

La verdad es que nadie podía imaginarse viviendo sin un adulto, sin padres ni maestras ni personas mayores, aunque algunos pudieran ser como el señor Julián.

—Mamá no va a saber cuidar a Cunia. No quiero que mi perrita sufra —me dijo Octavio avergonzado—. Dile a Teresa que los primeros perritos que tenga Cunia serán suyos; dile que la quiero mucho.

Y echó a correr a su cuarto.

Teresa y yo esperamos hasta las diez mirando las calles que desembocaban en el parque. Volviéndonos de un lado a otro; levantándonos esperanzados cuando creíamos descubrir que alguien se acercaba; intentando convencernos de que las cajas empujadas por el viento y las sombras que surgían de golpe cuando las nubes descubrían la luna, eran alguien, al menos uno de nuestros compañeros, uno sólo que venía a unírsenos y a terminar con esa desesperanza que significaba tener sólo dos espaldas para cargar con todo el peso de la huida.

A las diez Teresa ya no miraba. Había vuelto a su vieja postura: sentada, escondía la cabeza entre las rodillas.

—Vámonos.

Eso fue lo que dije, aunque mi voz sonó temblorosa. Me hubiera gustado no sentirlo pero lo sentí: de haber sido posible, yo también habría preferido regresar a casa.

—Vámonos —repetí, para no darme tiempo a vacilar más, y ayudé a Teresa a levantarse.

# Capítulo XVI

**D**espués supimos que muchos adultos estuvieron a punto de vernos aquella noche que caminábamos hacia los límites de la ciudad. La mamá de Teresa volvió a pie desde la peluquería pero ella tomó por una calle paralela a la nuestra. A la misma hora anduvimos en sentidos inversos; ella con sus lentes oscuros y un vestido azul. No recuerdo si nosotros oímos unos taconazos, pero, de haberlos escuchado, habrían sido los suyos. Mi mamá y todas sus amigas salieron del cine justo cuando acabábamos de cruzar frente a la marquesina y doblar en la bocacalle. Pasamos frente a la casa de nuestro maestro; la subdirectora atravesó en carro la misma avenida Parián; muchos papás sacaron la basura a esa hora; los de secundaria estaban anudando zapatos y colgándolos de los cables de la luz.

Lo peor no fue eso. Lo peor fue que justo en la parte más alta de la escalinata de la iglesia, en el mirador de los pájaros, estaba el señor Julián. Él permaneció erguido contra el viento, como estatua, mirando las calles de la ciudad. Lo peor fue que desde allá arriba quedaba totalmente al descubierto el camino que llevaba a la terminal de camiones, y quizás él fue el único que nos pudo ver.

# Capítulo XVII

**E**s extraño cómo cambian los sitios cuando no hay gente. La terminal parecía más grande y menos amigable. No había música, todas las tiendas se hallaban cerradas y nuestros pasos lanzaban un eco larguísimo que rebotaba en las paredes. Pasamos junto a unos vagabundos que dormían en las butacas y seguimos hacia donde una lámpara del techo producía un ronroneo raro y proyectaba una luz parpadeante, como guiño, igual que si de un momento a otro el foco se fuera a fundir.

Sólo estaba abierta una de las ventanillas de boletos. De la ventanilla brotaba un halo amarillento que empalidecía a las pocas personas que aguardaban su autobús: una anciana que tejía, un señor de traje y sombrero, varios muchachos que no eran del país. Todos parecían muñecos de vitrina, como hechos de cartón, y ni siquiera nos miraron cuando cruzamos a su lado.

El tablero colgaba tras la vendedora. Los itinerarios estaban apagados, excepto uno, el último viaje: "Ciudad Breve, 10:30 P.M., $8.00".

Teresa y yo nos miramos con un sobresalto. Ella sacó el billete, lo desdobló y lo miró incrédula: diez pesos.

Ella volteó su maleta y todas sus cosas se dispersaron en el suelo. Sólo tres monedas rodaron hasta nuestros pies.

—Trece pesos —murmuré.

Y faltaban quince minutos para la salida.

Teresa se puso pálida.

Yo ni siquiera lo pensé. Corrí hasta donde descansaban los muchachos extranjeros.

Seguramente no tenían mucho dinero. Se rieron un rato pero sólo me dieron dos monedas. Las demás personas que aguardaban el autobús ni siquiera levantaron la mirada.

Yo corrí a la ventanilla. La dependiente leía un libro acicalándose el cabello.

—Tenemos quince pesos —le dije ansioso—, por favor, véndanos dos boletos, y le juro que yo volveré a pagarle el peso que falta.

Ni siquiera dejó de leer.

—Son dieciséis pesos.

—Pero, señora —intenté rogarle.

—Dos boletos: dieciséis pesos —me atajó ella.

Sólo eso se me ocurrió.

—Vete, vete tú sola —le dije a Teresa.

Ella me miró sin comprenderme.

—Te prometo que te alcanzo mañana, en el primer camión que vaya para allá, te lo prometo.

Ella me vio con un gesto de desamparo. Iba a reclamar, pero se quedó callada. Sólo asintió con la cabeza y me dio un beso en la mejilla.

Fue cuando la vendedora de boletos asomó la cabeza por el hueco del cristal.

—¿Dónde está tu papá, hija?

Nos quedamos petrificados.

—O tu mamá o tu abuela. ¿Con quién vas a viajar?

En ese momento se levantaron los pasajeros y se formaron ante la puerta que conducía al autobús. Teresa corrió hacia el hombre del maletín y le cogió la mano. No sé cuántas veces lo hizo: lo cogía de la mano pero el hombre se soltaba; ella se volvía a sujetar, pero él se libraba de un tirón. Al llegar a la puerta, Teresa se quedó de este lado y el hombre cruzó hacia el andén.

Yo comencé a recoger todas las cosas de Teresa que estaban dispersas en el suelo y fui guardándolas sin levantar la mirada para que ella pudiera convencerse después de que yo no vi nada. No levanté los ojos ni siquiera cuando se escuchó el chasquido, se apagó la pantalla de salidas y la dependiente cerró la ventanilla.

Yo en el suelo y Teresa parada junto a la puerta escuchamos cómo fue disminuyendo el sonido del autobús. A las diez treinta y cinco de la noche en punto apareció el policía despertando a los mendigos de las bancas, y con un último guiño se fundió la lámpara del techo.

# Capítulo XVIII

**M**e llevé a Teresa al único lugar que creí seguro. Ella se dejó llevar por entre las tumbas, sin inmutarse. El panteón estaba desolado y silencioso. La luz de la luna blanqueba las cruces y las losas como si todo el cementerio hubiera sido cubierto con sábanas.

—Aquí está —dije a una Teresa que parecía sonámbula.

Saqué el marcador y, debajo del epitafio que escribió mamá, debajo de la frase que yo tardé una semana en elegir: "te ayudaré, papá", escribí: "ella es Teresa".

Luego tomé mi álbum de fotografías y le conté lo que ni siquiera a mi madre le había dicho.

—Nunca supe cuál fue el mejor día que tuvo mi papá —empecé a decirle—. Él creía que morir es volver al momento más feliz de tu vida y seguir allí para siempre. Lo malo es que cuando estuvo conmigo yo no le pregunté por ese día suyo.

Callé un instante porque no quería ponerme a llorar.

—Por eso siempre veo el álbum. Al principio únicamente intentaba saber en qué fotografía vivía ahora. Después se me ocurrió, no sé cómo, que a lo mejor yo podría traerlo otra vez.

Teresa levantó la vista; me miró un poco.

—Se me ocurrió que yo sólo debía superar su momento feliz. Crear uno más dichoso, y entonces él tendría que mudarse. Es lo que quiero: darle el día más feliz de su vida para que, aunque sea unas horas, regrese a vivir conmigo.

Teresa vio el álbum, le colocó una mano encima y allí la dejó.

—Te prometo que mañana sí nos vamos a ir de aquí —le dije, y ella sólo asintió con la cabeza.

# Capítulo XIX

**N**o hacía frío ni calor; no había moscos. Era como si el parque entero estuviera metido en una esfera de cristal. Ni siquiera se movían las hojas, y los ruidos de los autos nos llegaban amortiguados, como rodeados de algodón.

Teresa y yo llevábamos mucho tiempo en la banca. La bolsa de las galletas seguía abierta pero no habíamos cogido ninguna. Estábamos serios. Si Teresa hubiera llorado habría sido más fácil decir algo, hacer algo. Se mantenía inmóvil, con la vista perdida más allá del laberinto; lejana, igual que si se hallara sentada del otro lado del parque.

No me di cuenta cuando ella empezó a hablar porque lo hizo con una voz tan disminuida que se confundió con el rumor del viento.

—Me dio pena contárselo —oí al fin, y me acerqué con demasiada brusquedad.

Ella no se asustó. Continuó rígida, como hipnotizada.

—Todavía me da pena. Fue mucho más de lo que les dije. Me hizo cosas. Muchas cosas feas. Pero yo me quedé quieta porque en casa de mi abuelito había un águila; mis primos siempre le pegaban al águila y yo me ponía a llorar; un día mi abuelito me secó las lágrimas y me dijo "no llores", que el águila no sentía porque estaba disecada. Yo me acordé del águila y por eso no me moví cuando mi tío me quitó la ropa. Yo sólo pensaba en el águila y en sus alas tiesas como hielo y en que así nada me iba a pasar.

Teresa calló pero en sus ojos continuó el recuerdo; lo supe porque fueron abriéndose y llenándose de lágrimas.

Desde que llegamos al parque no le había dado la mano en ningún momento. Ella necesitaba una caricia, algo que le ayudara a saber que yo estaba prometiendo acompañarla para siempre, que iba a protegerla y nadie le haría daño jamás.

Desde que llegamos al parque quise decírselo acariciándole el cabello, abrazándola, pero no pude. Me frenaba pensar que quizás ella no quería que la tocaran, que a lo mejor había decidido que nunca más se le acercara nadie.

Sin embargo, en ese momento cuando vi sus ojos abriéndose más y más, no lo pensé.

Al principio creí que había sido por eso. La estreché y ella empezó a golpearme. Me dio un puñetazo en el pecho y otro y otro. Luego comenzó a gritar.

—Maldito. ¿Por qué lo hizo? Yo lo quería. ¿Por qué lo hizo? ¿Por qué nadie me avisó? Todos sabían que existe gente así, que muchos son así, pero no me dijeron. Nadie me cuidó. Por eso yo lo rasguñé. Quise rasguñarlo más para hacerle una marca que todos entendieran. Sólo pensaba que no lo volviera a hacer. No quiero que le vuelva a pasar a nadie, Néstor. No quiero que me toque otra vez.

Teresa dejó de golpearme y se apretó contra mi pecho; gemía nuevamente. Yo por fin me atreví a acariciarla.

—¿Por qué me pasó a mí?, ¿por qué no me morí, Néstor?

Su voz me llegaba débil y entrecortada por el llanto.

—¿Verdad que yo no tuve la culpa?, ¿verdad que yo no pude hacer nada?

Y entonces, por primera vez, entendí una de las frases del abuelo de Rubén.

—"Los niños han de saber que jamás serán culpables de las acciones de un adulto" —repetí de memoria, al oído de Teresa, y ella comenzó a llorar más fuerte. Era como un aullido.

Yo la estreché y le dije que la quería mucho.

Ella me vio sin poder controlar su llanto.

—No me abrazó, Néstor. Yo quería que mi mamá me abrazara. Pero no me abrazó.

Así estuvimos muchas horas. Teresa se mecía cada vez menos. Los dos solos dentro de esa enorme esfera de cristal. A veces ella volvía a gemir; en algún momento contó su sueño. Que estaba tirada en un sótano sin poder levantarse, ya sin voz por tanto gritar. La habían dejado allí. Lejos de la puerta por donde se colaban los rayos del sol y por donde se dejaba ver una parte del cielo. Que el cielo y la luz eran hermosos pero ella no podía acercarse porque les tenía miedo; quería salir pero todo lo de afuera la asustaba. Que mientras estaba allí, en el piso, encogida, sabía que sólo volvería al exterior cuando la protegieran; que necesitaba muchas promesas iguales, todas las promesas que se pudieran reunir; que cada persona buena se quedara cerca; que se juntaran, que se pusieran una al lado de la otra: dos filas de gente prometiendo que nada volvería a pasarle, Néstor. Que sólo así podría olvidar el miedo.

Luego enmudeció. Continuó meciéndose suavemente, y sólo recayó en el llanto cuando hizo la pregunta: "¿verdad que hay más buenos que malos, Néstor?, ¿verdad que las personas buenas son más?".

# Capítulo XX

Cuando desperté vi las nubes moviéndose lentamente en el cielo. Tardé en reconocer que yo seguía en el parque; que había amanecido y que en la banca ya no estaba Teresa.

Demoré en entender a pesar de las señales: las personas se movían en grupos a lo largo de las banquetas; varios negocios continuaban cerrados; las sirenas de las patrullas se escuchaban a lo lejos.

Yo caminé soñoliento y aturdido entre la gente sin reparar en ellos y sin que ellos repararan en mí. Era viernes, el portón del colegio estaba abierto y el letrero había sido escrito con precipitación: "no hay clases".

Una escuela vacía se vuelve extraña. Es como si te empujara a hacer cosas: colarte en la dirección, tocar la chicharra, ver desde la tarima donde se paran los maestros.

Yo entré con la esperanza de hallar a Teresa. Subí, el aula estaba vacía y en lugar de volver a la calle me metí en la bodega, y fui sacando las brochas y los botes de pintura. Había prometido a Teresa que nos iríamos; también me había sido suficiente una noche para entender que a veces no bastan las promesas. Por eso llevé las pinturas a nuestra aula y luego regresé al patio por el tablón y lo arrastré escaleras arriba.

En ocasiones uno no mide el peligro. Lo mismo le pasó a Roura. Cuando saqué el tablón por la ventana, lo apoyé en la saliente del otro muro y comencé a arrastrarme. A muchos metros por encima del suelo, vi a Roura abrir la jaula del perro setter y quitarle la cadena. El perro pudo morderlo muy fácil. Roura ni siquiera se irguió. Siguió en cuclillas hasta que el perro cesó de olisquearlo y cruzó la reja por primera vez en su vida y se perdió de vista más allá del portón.

Así exactamente hice yo. Crucé por la tabla, me paré en una saliente a seis metros del piso, y durante mucho tiempo sólo pinté siluetas de personas sobre el muro de ladrillos rojos.

# Capítulo XXI

Cuando volví a la calle supe de la desaparición. No era la primera vez que se perdía alguien en la ciudad. Los hombres se habían juntado y estaban recorriendo el lago, las barrancas, las laderas de la montaña. La casa estaba en orden, había dicho la policía, pero no podía ser normal que su perro Bruno siguiera allí con la cadena puesta y el plato de comida totalmente vacío.

—¡Señor Julián! —gritaron entonces unas mamás.

—¡Si alguien ha visto al señor Julián...! —se encimó el grito metalizado del altavoz.

Y sentí que las piernas se me doblaban.

¡No estaba el señor Julián. No estaba Teresa!

Comencé a correr.

Nunca antes me habían parecido tan largas las calles. Al doblar en una esquina choqué con una muchacha que venía comiendo una paleta de hielo. La paleta roja golpeó contra el muro y se partió en dos mitades; luego las dos mitades se hicieron pedazos en el suelo.

Cuando llegué a la peluquería suspiré aliviado. La cortina metálica se hallaba a medio abrir. Entré y la mamá de Teresa se volvió precipitadamente. Ella tenía el cabello recogido en una larga coleta roja, vestía la bata del trabajo, y llevaba sus eternos lentes oscuros.

—Está bien usted —afirmé tontamente cuando quise hacer una pregunta.

—Sí, yo estoy bien —murmuró casi sin voz, y ya no tuve que preguntarle por Teresa. Vi la respuesta en su cuerpo. Así como su sonrisa se desdobló cuando me descubrió a mí y no a su hija, así se le cayeron los hombros y se dejó caer en un banco—. Estoy bien —repitió, y vi las lágrimas que aparecieron por debajo de los anteojos y fueron escurriendo por su mejilla.

—No se preocupe, señora —quise decirle, pero ya iba corriendo otra vez por las calles—. No se preocupe, yo la voy a encontrar.

El parque estaba desolado. No había ningún niño en los subibajas ni en las resbaladillas. La muñeca de Teresa estaba en el suelo, a la entrada del laberinto.

Nunca me pasó antes. Allí dentro me recibió un frío de caverna: yo iba temblando y caminaba lentamente. Quería y no quería llegar al centro. Si allí no estaba Teresa, entonces ya no sabría dónde buscarla. Recorrí con una lentitud increíble el último pasillo del laberinto y, cuando di vuelta en la esquina, vi las piedras.

Las piedras se hallaban apiladas en el vano de la última entrada. No subían ni siquiera un metro de altura y guardaban un frágil equilibrio. Sin embargo, el propósito era evidente: esas piedras querían ser una muralla.

Crucé con cuidado y la vi a ella en un rincón, recostada de lado, con las rodillas apretadas contra el pecho.

—Teresa —murmuré suavemente, para no asustarla, pero ella se apretó más fuerte y comenzó a gritar que no le hiciera nada a su mamá.

Tuve que correr y abrazarla y gritarle que yo era Néstor y que todo estaba bien.

—No quiero volver allá afuera, no quiero —murmuró.

Y cuando vi su expresión, algo entre vivo y muerto como aquella águila disecada de la que habló, supe que su terror ya no estaba cerca de mí.

# Capítulo XXII

Toda la tarde permanecí en el laberinto abrazando y acariciando a Teresa hasta que pudo dormirse. Luego le puse su maleta como almohada, la cubrí con mi suéter y coloqué en su mano derecha el anillo preferido de papá.

Ya en casa, ni siquiera subí a mi recámara. Abrí el refrigerador y comencé a llenar una bolsa con lo que encontraba, sin fijarme. No debía demorarme mucho para que Teresa no fuera a despertar antes de que yo volviera con la comida. Tomé varias latas, un paquete de cacahuates y, cuando estaba metiendo las galletas en la bolsa, apareció mi madre.

—Así que te cansaste de nosotros… —intentó bromear—. ¿Qué sucede, Néstor? —habló muy seria cuando advirtió que yo no me reía.

Continué embolsando paquetes como si no la hubiera escuchado.

—"A veces, hijo, es más valiente decir las cosas que callarlas."

Yo no quise oírla, pero comencé a temblar. Hasta entonces me di cuenta de lo agotado que estaba; noté el dolor de mi cabeza. De pronto la bolsa de comida me pesó como si estuviera llena de fierros. La cogí con ambas manos. Me iba abriendo los dedos. Yo hacía lo que podía para sostenerla. Si la bolsa llegaba al suelo, ya no sería capaz de levantarla, y yo debía volver al laberinto. Tenía que irme ya. A lo mejor Teresa estaba despertando en ese momento. Pero la bolsa parecía irse llenando con toda la arena del mundo, y, cuando estaba a punto de escapárseme, vi los brazos de mamá, sus manos largas y manchadas que llegaron rapidísimo, y la bolsa no llegó al suelo.

Yo ni siquiera advertí cuándo comencé a llorar. Sólo sentí la cara húmeda y las sacudidas de mi pecho. Lloraba como de pequeño, sin poder hablar, jalando aire hasta que el aire volvió transformado en un gemido.

—¡Quiero ayudarte, Néstor! —mamá se alarmó—. Estoy aquí para protegerte, pero no puedo hacerlo si no me dices contra qué estamos luchando.

Yo abracé a mamá.

—A veces hace falta más valor para abrir la boca que para cerrarla, hijo.

Y ya no pude más. Le conté todo. Desde el Carnaval. Desde que le dijimos a Teresa que queríamos ayudarla y cuando ella nos confesó su terror y cuando vimos al señor

Julián cogiéndola del cuello. Se lo dije todo: lo de la fuga y lo de mi impotencia.

—No pude ayudarle y ahora ella no quiere salir del laberinto, mamá, no quiere volver —terminé de contar, y me sentí mejor, como si todo ese tiempo hubiera estado hundiéndome en un pantano de arenas movedizas, y acabara de salir al fin.

Ni siquiera pensé en las amenazas del señor Julián. Ni siquiera deduje que quizás había puesto en peligro a mi madre. Sólo me sentí liviano. Mamá me levantó y me llevó en brazos hasta mi cuarto y se acostó conmigo igual que si yo hubiera sido un pequeño.

Las últimas cosas que pensé fueron que el anillo de mi padre estaba protegiendo a Teresa y que quizás la cicatriz en la mejilla del señor Julián sí sería suficiente para que todos los niños y todas las niñas la reconocieran y supieran alejarse de él.

—¿Verdad que sí, papá?

Luego me quedé dormido.

# Capítulo XXIII

**D**esperté muy tarde, ya de noche. Mamá había desaparecido, yo no tenía puesta la ropa y todas las luces estaban apagadas.

Salí precipitadamente de las cobijas y, mientras me vestía, saqué a Octavio de la cama.

—Tenemos que irnos.

Octavio siempre parecía intuir los momentos que no eran buenos para las preguntas, así que no abrió la boca. Se puso sus pantalones y una sudadera, se calzó los tenis, cogió a Cunia y me dio la mano.

Afuera hacía frío. No existía ninguna nube en el cielo pero soplaba un viento lleno de olores verdes, como promesa de lluvia. La ventana de Sonia estaba en el segundo piso y tuvimos que arrojar piedras al cristal.

—¿Y Rubén? —preguntó ella cuando salió poniéndose la capucha de su chamarra.

—Ya le hablamos por teléfono —mentí.

Sonia nos miró desconfiada.

—Bueno —dijo, y cerró la puerta.

La ciudad parecía un pueblo fantasma. Como si los carros nunca hubieran sido movidos de su sitio; como si las capas de polvo llevaran siglos blanqueando las aceras. Todo producía una sensación de abandono; igual que un fin del mundo del que nadie nos dijo nada. Así caminamos muchas avenidas desiertas y así llegamos al parque: como únicos sobrevivientes.

No expliqué lo sucedido ni a Sonia ni a Octavio. Sólo dije que Teresa necesitaba ayuda y no había nadie más que nosotros para hacerlo.

Atravesamos los jardines; dejamos atrás los columpios; rodeamos las bancas que por la oscuridad parecían enormes esqueletos de pájaro.

Fue peor de lo que temí. Seguramente cuando Teresa abrió los ojos supuso que yo tambíen la había dejado sola. Ella estaba en la entrada del laberinto, con el vestido sucio enredado en las piernas, igual que si se hubiera arrastrado y después no hubiera podido cruzar el umbral.

—Teresa —dije.

Pero ella no respondió. Sus ojos eran como dos botones, como dos agujeros que se hundían sin resistencia.

—Aquí estamos, Teresa —repetí, y no me importó que mi hermano menor me viera llorar—, aquí estamos los buenos.

Me puse junto a la entrada, le dije a Sonia que se colocara a mi lado y en ese momento llegó Rubén.

Eso tenían mis amigos: sabían en qué momentos era mejor no hablar.

Rubén nos vio y pareció comprender de inmediato lo que yo no hubiera sabido explicarle. Tomó la mano de Octavio y, juntos, se pararon frente a nosotros.

Mentiría si dijera que habríamos permanecido días allí. No lo hubiéramos resistido, es cierto, pero ésa era nuestra intención: aguardar hasta que a Teresa se le acabara el miedo.

Rubén, Sonia, Octavio y yo nos cogimos de las manos y nos miramos con esos ojos enormes de quienes esperan un milagro.

No sé cómo decirlo.

El milagro llegó. Vino poco a poco y desde distintas direcciones.

Primero apareció el abuelo de Rubén, en una silla de ruedas, empujado por otro hombre igual de viejo. Cruzaron el parque evadiendo la grava, y luego fue como si supieran. El abuelo se colocó junto a Octavio, y el otro hombre se vino a parar a mi lado. Después llegaron el papá y la mamá de Martín, el panadero, las gemelas. Todos venían vestidos con ropas más propias del día que de la noche: faldas flotantes, playeras de manga corta, sandalias; igual que si hubieran cogido lo primero que hallaron al despertar. Llegaron el sacerdote y nuestro maestro y muchos amigos de la escuela: Onofre, Ute, Pavón, Azucena, Julia, Roura, Victoria. Llegaron varios de los trabajadores de la fábrica, algunos choferes de la estación, un policía; incluso los grandes de secundaria aparecieron sin gritar y sin echársenos encima.

Era un milagro. Todos venían y se formaban como si supieran.

Pensé que Teresa debía notarlo aunque no parpadeara; aunque siguiera tendida en el suelo como rota. Debió de ver las dos larguísimas filas que ya salían del parque y continuaban creciendo hacia su casa: la valla que había soñado.

Era como si todos lo hubieran descubierto o alguien se lo hubiera dicho; como si todos supieran que no había otra forma de salvarla.

Entonces empezó a ladrar Cunia y lo entendí de golpe.

Observé hacia todos lados porque mi madre no debía de hallarse lejos. Y sí, llegaron por la calle de Viajuna. Las brujas: mi madre y todas sus amigas y alguien más que, aún a lo lejos, las sobrepasaba por mucho en altura. Cuando cruzaron bajo la farola, resplandeció el cabello rojo de la mujer más alta: la mamá de Teresa. Las amigas se quedaron en la cola de la valla, y mi mamá y la mamá de Teresa caminaron por en medio.

No es que Teresa se haya movido pero sus ojos se fueron iluminando lentamente, como si allí dentro, en algún sitio de su interior, estuviera apareciendo un sol que hacía tiempo no lograba salir.

La mamá de Teresa pasó junto a mí, sin sus lentes oscuros, y pude ver que uno de sus ojos era completamente blanco.

No se veía fea. Era hermosa como un ángel, así, con sus lágrimas sucias de rímel y su hija en los brazos.

Vi a Teresa; vi el anillo de mi padre en su dedo; la vi abrazada y protegida por la valla, cuando sentí la mano de mamá.

—Lo siento, hijo, pero hay secretos que no deben guardarse.

Yo no estaba enojado porque mamá hubiera roto el juramento, pero tampoco me sentía orgulloso. Le cogí la mano con una sensación más cercana a la tristeza.

Fue extraño: triste y todo, aquél representó el momento más feliz de mi vida, el día ideal que siempre estuve persiguiendo.

Cuando mi mamá cargó a Octavio y me dijo al oído que el señor Julián había desaparecido para siempre, volví a sentir cerca a mi padre.

"—Lo ves, hijo, los miedos pueden curarse "—escuché a mis espaldas, y aunque yo no quise volverme para comprobar nada, sí respondí.

—Gracias, papá.